잠긴

시 100 편

사랑과 믿음과 생명에 관하여

Translated to Korean from the English version of Soulful

Rhodesia

Ukiyoto Publishing

모든 글로벌 퍼블리싱 권리는

우키요토 출판

2024 년 발행

ISBN 9789362695543

www.ukiyoto.com

목차

머리말

시는 영혼의 언어입니다. 인간의 감정과 표현의 만화경 속에서, 나는 이 책이 인간 경험의 풍요로움과 아름다움을 더할 수 있기를 바라며 이 언어로 나의 색조와 관점을 공유하기로 선택했다. 그 과정에서 내가 마음을 움직이거나 영혼을 감동시킬 수 있다면, 나는 내 삶이 잘 살았다고 생각한다.

논리적이든 시간적이든 시의 구체적인 배열은 없다. 독자는 이 책을 마치 바다 앞에 서 있는 것처럼 경험하도록 초대되며, 시는 연속적인 파도가 된다. 이 시 중 일부는 오래 전에 쓰여졌습니다. 다른 사람들은 최근에야 . 그러나 나는 과거, 현재 또는 미래에 대한 시간의 선형성을 열렬히 믿지 않으며, 정의하거나 변경할 수 있는 성을 후원하지 않습니다. 나는 내 이름만으로 나를 알아볼 수 있는 것을 친절과 예의라고 생각한다.

마지막으로, 사랑하는 독자 여러분, 저의 어머니, 저의 자녀들, 저의 유일한 참된 사랑, 그리고 사랑과 믿음의 순수함과 힘을 믿는 모든 이들에게 이 책을 바치겠습니다.

우리의 사랑

우리의 사랑은...
가장 황량한 밤의 북극성,
가장 강한 폭풍을 지나는 무지개,
하늘에 솜구름이 끼고
아침에 나뭇잎을 적시는 이슬.

우리의 사랑은...
바이올린과 거문고의 목소리,
종달새와 나이팅게일의 노래,
아기의 첫 웃음과 미소,
천사들의 감미로운 교향곡.

우리의 사랑은...
바닷가의 끝없는 파도,
바다 밑의 기반암,
맑은 물의 진수,
영원의 영원성.

나는 당신을 사랑할 것입니다

나는 당신을 참을성 있게 사랑할 것입니다.

아들과 함께 사랑하듯

지칠 줄 모르고 사랑할게요.

꿀을 생산하는 꿀벌처럼.

영감을주는 봄에 당신을 흠모하겠습니다.

여름의 정상을 만끽하고,

가을에 너의 손을 잡아 주겠다.

그리고 겨울에는 꼭 안아주세요.

나는 당신을 끝없이 사랑할 것입니다.

바다의 파도처럼.

나는 너를 무한히 사랑할 것이다.

하늘의 별들처럼.

나는 당신을 참을성 있고 지칠 줄 모르고 사랑할 것입니다.

봄, 여름, 가을, 겨울,

끝없이 무한히 사랑하리니

일생을 초월하여, 모든 가능성을 초월하여.

당신만

황량하고 황량한 내 세상 속에서
오직 당신만이 꽃을 피웠고,
그리고 노래로 공기를 채웠다.

교착 상태에 빠진 상황에서,
당신만이 골목을 열었고,
그리고 저명한 곳으로 가는 길을 닦았습니다.

내 날개가 꺾일지라도
내 손이 묶여 있어도
내 발걸음에 번호가 매겨져 있지만...

내 마음은 묵상하고, 내 마음은 갈망하고,
내 영혼은 다른 것을 찾지 않습니다
하나뿐인 너보다.

나의 아침

아침에 일어나기 위해
내 맘에 너와 함께
가장 감미로운 멜로디입니다.

일출을 보려면
내 마음 속의 너와 함께
꿈이 실현되는 것 같습니다.

새들의 지저귐을 듣기 위해
내 영혼 속의 너와 함께
내 운명이다.

지금도
함께하기
아직 현실이 아닐 수도 있습니다.

꿀

당신은 고서입니다
가장 감미로운 멜로디,
꽃의 향기,
꿀의 맛...

진정한 자연의 선물 -
내 상처를 치유해 준 꿀,
내 아픔을 봉합한 꿀,
썩지 않는 꿀.

나에게 힘을 주는 꿀
매일 아침에 일어나기 위해,
나를 미소 짓게 하는 꿀
순수하고 비이기적인 방법으로 말입니다.

세력

두 천상의 존재가
사물로 구성된 코어가 있습니다.
서로에게 연료를 공급하는 것
그리고 서로를 완성합니다...

거리에 상관없이,
어떤 소란이 있어도,
어떤 방해가 있어도,
그들은 어쩔 수 없이 올 것이다...

운명에 처한 것을 향해,
다른 천체들이 끼어들어도
각각은 끝에서 두 번째 힘을 발휘합니다
노조가 제 갈 길을 가게 놔두지 않겠다고...

이 우주는 아직 준비되지 않았을 수 있기 때문입니다
그들의 궁극적인, 필연적인 결합을 위해,
그 거대한 정수가 또 다른 은하계를 형성할 수 있는 것은
창조의 마법을 재현할 것입니다.

나의 슈퍼히어로

너의 마음은 슈퍼맨처럼 부드럽고,
캡틴 아메리카 못지않게 로맨틱한
배트맨처럼 더러운 부자는 말할 것도 없고,
그리고 아이언맨과 같은 뛰어난 전략가.

너의 움직임은 조로처럼 부드럽고,
로빈 후드와 같은 궁핍한 사람들의 옹호자,
당신은 나를 천 번의 슬픔에서 구해 주셨습니다.
당신은 항상 나의 슈퍼 히어로입니다.

혼돈

사랑, 지구에 착륙한 소행성,
세상은 전과 같지 않았습니다.
신념이 흔들리고, 유대가 산산조각이 나고,
집은 버려졌고, 맹세는 깨졌다.

사랑은 내 삶에 영향을 미쳤고,
그리고 모든 인식이 바뀌었고,
경계가 무너지고, 다툼이 이어지고,
그리고 오랫동안 받아들여졌던 개념이 도전을 받았습니다.

무엇이 진실인가? 진짜란 무엇인가? 무엇이 옳은가?
시간이란 무엇입니까? 장소란? 생명이란 무엇인가?
나는 더 이상 아무것도 모른다.
내가 진정으로 사랑하는 사람이 바로 너라는 것만 빼고.

모든 파괴와 구조조정이 끝난 후,
모든 덧없는 격언이 녹아내린 후,
사랑은 모든 것을 연단해야 합니다
땅 위에 우리의 영원한 하늘을 건설하는 것입니다.

축하

매일 새벽이 반짝반짝 빛나고
새들은 노래를 멈출 수 없다.
태양마저 미소 짓고
아침 인사에...

두 개의 심장이 있을 때,
비록 멀리 떨어져 있지만,
헤어질 수 없을 것 같은,
무슨 일이 있어도...

거리도 없고, 속박도 없고,
아픔도, 마음의 고통도,
지상에 다른 어떤 힘도 없고,
찢어지거나 부서질 수 있습니다...

유대감, 결합,
사랑, 친교,
천상의 연결,
축하할 만합니다.

달콤한 9 월

달콤한 9 월,
하늘의 문이 열렸고,
다리를 만들고
연인들이 만날 수 있는 곳
방해.

사랑의 노래가 나올 때
그들의 마음을 감동시킬 수 있고,
그리고 법이나 오먼이 아니라,
또는 태양 아래 무엇이든
방해할 수 있습니다.

결코 없을 때
마음의 고통이나 그리움,
또는 두려움이나 걱정,
그들의 친밀감 때문에
어떤 것보다도 오래 지속됩니다.

그들은 항상 기억할 것입니다 -

하늘이 열린 날

영원으로 가는 길,

사랑이 결코 포기하지 않을 때,

달콤한 9 월.

항복

나는 굴욕과 상처를 받았고,
창녀처럼 저주를 받고
범죄자처럼 심문을 받고,
길 잃은 동물처럼 목이 졸렸다.

나는 염탐을 당하고 볼기를 맞았습니다.
암캐처럼 비난받고,
조사하고 시도한 결과,
마녀처럼 쫓기고 있습니다.

나는 침묵과 억압을 당했었다.
바보 취급을 받고,
추정, 오판,
그리고 정신 이상이라는 꼬리표가 붙었습니다.

나는 구타를 당하고 멍이 들었다
안팎으로,
그러나 아무도 그렇게 아프지 않았습니다.
우리를 포기하는 것처럼.

그림자 너머

일출에 당신의 얼굴을 보기 위해,
빗속에서 속삭이는 소리를 들으시려면
달빛에 비친 당신의 손길을 느끼기 위해,
다시 한 번 당신을 만나고 싶습니다.

내 마음의 모든 갈망을 위해
우리를 더욱 멀어지게 하고,
내 영혼의 모든 갈망을 위하여
우리 사이에 솟아오르는 벽이 자랍니다.

낮에는 당신을 쳐다보지 않게 하소서.
내가 너의 손을 잡고 말하지 말자.
나는 그림자 너머에 있다.
오직 당신만이 사랑하고 보살핍니다.

너를 믿는다

나는 당신의 사랑을 믿습니다
그것은 견뎌 왔습니다
영겁의 기다림.

나는 당신의 사랑을 믿습니다
그것은 보호되었습니다
고통에서 벗어난 나.

나는 당신의 사랑을 믿습니다
소나기가 내렸다
놀라운 축복들입니다.

나는 당신의 사랑을 믿습니다
견디고, 축복하고, 방패를 주리라
모든 공간과 갈망에도 불구하고.

실버 라이닝

오늘 밤 내 마음은 구름 같아
어둡고, 무겁고, 폭발하기 직전,
한때 깃털처럼 가벼웠던 내 마음,
열정적인 분홍색, 그리고 기쁨으로 노래합니다.

오늘 밤 내 눈은 구름 같으니
쏟아지는 빗줄기와 함께
한때 반짝이는 별이었던 내 눈동자,
이제 슬픔과 공포와 고통에 흠뻑 젖었다.

오늘 밤 내 영혼은 구름 같으니
비가 내린 뒤에는 길을 잃고 방황하며
한때 확신했던 내 영혼이
사라진 조각과 쌍둥이 불꽃.

오늘 밤 내 마음, 내 눈, 내 영혼
어두워지고 고통에 빠져
먹구름이 모든 빛을 흐리게 할지라도,
내일은 태양이 다시 빛날지도 모른다.

내가 사라질 때

내가 떠나고 네가 날 그리워할 때,
눈을 감으면
그리고 당신의 마음에 귀를 기울이십시오.
나는 항상 거기 있을 것이기 때문이다.

햇볕으로 따뜻하게 해줄게.
무지개로 미소 지을게요.
달빛으로 너를 안아줄게.
바람이 불면 키스할게요.

내 영혼은 언제나 너희에게 올 것이다
좋은 아침을 맞이하기 위해,
내 영혼이 너를 편하게 해 주리라
저녁의 피곤함.

내 얼굴은 장미에 새겨지고,
떨어지는 비에 흐르는 내 눈물
황금 물고기 속의 평화,

아이들을 연기하는 나의 웃음.

절대 너를 떠나지 않겠다고 맹세한다
기쁨과 슬픔, 활력과 고통,
내 영혼이 네 곁에 머물 것이다
빛과 어둠 속에서, 태양과 비 속에서.

제발 용서해 주세요

제발 용서해 주세요
숨는 것 같을 때
역사의 발자취
위협을 받을 때마다.

제발 용서해 주세요
우리가 할 수 없다면
언제나 함께,
편안 하 고 손질합니다.

제발 용서해 주세요
내가 단호했다면
그럼에도 불구하고 나의 이상에
낙담.

제발 용서해 주세요
내가 마음대로 남는다면
내 마음에 충실

역경에 직면하여.

제발 용서해 주세요
내가 버티면
이 헌신에
사회와는 반대로.

약속해줘

약속해줘-

잘 지내실 수 있을 거에요.

튼튼하고 건강한,

질병으로부터 자유롭습니다.

약속해줘-

당신은 안전할 것입니다.

안전하고 건전한,

적으로부터 자유롭습니다.

약속해줘-

당신은 기뻐할 것입니다.

기쁘고 복되도다.

불행에서 해방됩니다.

약속해줘-

건강하고, 안전하고, 기쁠 것입니다.

최고의 삶을 살고,

행복하고 근심 걱정 없이.

너와 나

너와 나는
얼음과 불,
달과 태양,
이성과 열정.

너와 나는
북쪽과 남쪽,
주님이시며 종이시여,
하늘과 땅.

너와 나는
흑인과 백인,
밤낮으로,
왼쪽과 오른쪽.

너와 나는
양 andyin,
음악과 가사,

물과 햇빛.

너와 나는

같지 않은,

비록 떨어져 있지만,

하나의 중요한 반쪽입니다.

잿불소녀

진실의 순간,
왕자가 얼굴을 맞대고 올 때
마음을 사로잡은 공주와...

그는 황금 마차를 발견하고
풋맨, 말, 코치, 볼 가운,
일시적인 환상이었을까...

그가 흠모했던 그 여인
왕족의 혈통도 아니고 고귀한 혈통도 아니고,
화려함과 화려함을 입고...

그가 사랑했던 여인
발과 손이 더럽고,
너덜너덜해지고, 제압당하고, 상처를 입었다.

진실의 순간,
왕자가 그녀의 눈을 들여다볼까요?
같은 방식으로, 그리고 그녀를 다시 사랑합니까?

더 가든(THE GARDEN)

당신이 있었다는 것을 아는 것
정원 산책 -
숨이 멎을 정도로 아름답고,
하지만 고통스러울 정도로 덧없다.

꽃이 피는 것 같은 곳
끝없이, 그리고 무한히,
그리고 마음은 침묵의 노래를 부릅니다
그 메아리는 영원토록 울려 퍼집니다.

새장에 갇힌 새들이 자유롭게 할 수 있는 곳
헌신적으로 서로를 돌보고,
그리고 황금 물고기가 모일 수 있습니다
함께 방해받지 않습니다.

장애물을 통과할 수 있는 곳
아름다운 다리를 지나
그리고 무지개는 지속될 것 같습니다

장엄한 석양 속에서.

과거의 오솔길과 다리,

과거의 꽃과 새장,

무지개, 노을,

모든 산책은 꿈처럼 쉬게 됩니다.

마지막 절

꿈이 끝나면,
현실에 눈을 떴다 -
나는 창조주가 아니라는 것을,
또는 발동기, 또는 리더,
그러나 그것은 단지 재산에 불과하다.

내 마음을 넓히는 것,
아니면 내 마음을 갈고 닦아
또는 친구를 찾는 것,
관련성이 떨어짐
내 주인을 섬기는 것보다.

용서해야 한다면 용서해 주세요
평화를 유지하고,
내 불을 끄고,
조용히 해봐
그리고 따르십시오.

내가 사랑한 너는 누구냐?

내가 사랑한 너는 누구냐?

당신은 내 날개가 느낄 수 있지만 닿을 수 없는 바람이시며, 당신은 내가 보지만 볼 수 없는 태양이십니다.

내 심장 박동에 한 번도 들어본 적 없는 너의 목소리가 울려 퍼진다.

그것은 내가 하나님께 당신을 위해 간구할 때 기도할 때만 말합니다. 꿈속에서 너를 봤어 - 실루엣,

내 마음의 공허함을 채우는 무(無),

그 잘생긴 얼굴이나 유혹하는 혀는 결코 꺼지지 않았다.

나는 순결하고 결백한 마음으로 기다리기로 결심했네, 지금도 약속이나 맹세나 계약 없이 기다리노라. 미래의 모든 순간에 내가 그려온 당신 -

기쁨과 고통 속에서, 평온과 소란, 삶과 죽음 속에서... 내가 유일하게 사랑했던 사람, 넌 누구야?

옳고 그름

죄란 무엇인가?

무엇이 아닌가요?

무엇이 좋은가?

무엇이 나쁜가?

무슨 문제 있나요?

무엇이 옳은가?

진리란 무엇인가?

거짓말이란 무엇인가?

내 의무를 다한다면

옳은 것,

그렇다면 내 몸의 모든 세포는 왜

싸우기 위해 비명을 지르고 있습니까?

누군가를 사랑한다면

도덕적으로 옳지 않다.

그렇다면 내 몸의 모든 세포는 왜

노래 부르기?

가장 위대한 가이드는 무엇입니까

옳은 일을 하기 위해서입니까?

법인가요?

아니면 사랑입니까?

자유로운

그는 강한 정신을 가진 야생마였고,

그들은 "그를 안전하게 지키라"고 그에게 굴레를 씌웠다.

그가 풀려날수록 더 조여졌다...

나는 인내와 연민으로 그를 길들이려 했고, 그의 감정에
조율하고, 레티스 영혼이 돌아다니고,

그러나 그들은 나를 허락하지 않을 것입니다.

아아, 의지의 끈질긴 싸움 속에서,

그의 영혼은 자유로워지기 위해 승리를 거두었다

숨이 막히고 굴레가 씌워진 몸의 빈 껍데기에서였다.

둘 다 이겼다.

그들은 그의 몸을 가지고 있었고,

그리고 그에게는 영이 있었습니다.

그것은 옳지 않다

그것은 옳지 않습니다
밤낮으로 너를 생각하기 위해
당신의 미소를 꿈꾸기 위해
눈을 들여다보기 위해
그리고 당신의 영혼을 느껴보십시오.

그것은 옳지 않습니다
당신에게 기쁨과 행복을 기원합니다
당신을 미소 짓게 하기 위해
눈동자에 반짝임을 주기 위해
그리고 당신의 영혼에 불을 붙입니다.

그것은 옳지 않습니다
당신의 사랑과 보호를 받아들이기 위해
언제나 내 맘을 미소 짓게 하기 위해
내 눈에서 눈물을 닦아 주려고
노예가 된 내 영혼을 해방시켜 주소서.

사랑과 의무

한때 한 여인이 있었다
의무 저기서 결혼한 사람,
그녀의 삶은 평범했고,
마법 같은 것은 없습니다.
비극적인 것은 없습니다.

그녀는 열정을 찾았습니다
그녀의 직업에서,
그녀의 삶은 특별했습니다.
그녀의 작품은 역사적이다.
그녀의 역할은 독특합니다.

진정한 사랑이 올 때까지
그리고 그 어떤 것도 똑같지 않았습니다.
그녀의 삶은 마법 같았어요.
그녀의 나날은 매우 특별했다.
그녀의 순간은 눈부셨다.

의무가 요구될 때까지
사회가 지시하는 것,
그녀의 삶은 비극이 되었고,
단조롭고 따분한 그녀의 순간들,
신성한 맹세를 하고 감옥에 갇혔다.

진정한 사랑은 자유로워질 수 있는가?
어쩌면 이미 그랬을지도 모르지만,
그녀의 마음은 더 이상 갇혀 있지 않습니다.
그녀의 영혼이 갇히지도 않았고,
그녀는 배웠습니다 ...

희망하는 분은,
견디기 위해,
인내하기 위해,
모든 역경을 딛고
거리와 시간을 초월합니다.

마법

나는 그 마법을 생각하곤 했다
번개가 치는 것처럼 온다
천둥 치는 소리와 함께 퍼레이드,
또는 위풍당당한 정오의 태양
항복하라는 명령입니다.

그래서 하늘이 쏟아 붓기로 결정했을 때
온화한 그대의 사랑,
나는 폭풍을 찾아 헤맸다.
아득히 두근거리는 심장을 위해
어쩔 수 없이 정복당한...

당신의 사랑의 마법을 찾기 위해서만,
무지개의 속삭이는 노래처럼
아니면 새벽녘의 고요한 빛.
가장 진실한 열정을 배우기 위해서만
아침의 이슬처럼 보살핀다.

사랑은 전쟁이 아니라 평화입니다.
정신 이상이나 정신 상실도 아닙니다.
씨앗으로 시작하여 자랄 수 있습니다
아무리 천천히, 그리고 고통스럽게,
강하고, 거대하고, 믿음직한 참나무로.

교차로

나는 이제 이 광활함 앞에 섰다.
어디로 가야 할지 몰라
모퉁이마다 막다른 미로가 있는 것처럼,
그러나 가만히 서 있는 것은 시간을 멈추는 것이다.
심장 박동을 멈추는 것입니다.
그리고 돌아가는 것은 패배입니다.

사랑 중 하나를 선택해야 할까?
그리고 사랑받는 것?
사랑이 마주하는 것을 의미할 때
심장을 꿰뚫는 화살을 쏘고,
그러나 사랑받는다는 것은 얼음 성을 의미합니다.
그것은 내 열정을 가둘 것이다.

1 일

언젠가 우리는 걸을 것이다
맨발에 눈물 자국
가시덤불과 어둠땅을 지나...

먹구름 너머에 있는 것을 알기
그리고 쏟아지는 비, 무지개가 끝나지 않는 치유의 장소가 있습니다.

하늘에 새겨진 지울 수 없는 휘장처럼
우리 마음 속에 사랑의 약속이 있듯이
생명, 귀향과 구원.

오늘은 약속의 땅이
그저 꿈일 뿐이야, 언젠가, 이 어둠땅
악몽처럼 보일 뿐입니다.

회고

언젠가 내 여정에서 뒤를 돌아보리라.

그리고 내가 걸어온 길을 곰곰이 생각해 보아라...

어쩌면 나는 눈물을 흘리며 웃을 수도 있겠지만,

내 상처를 핥아준 내 어깨를 토닥이며 허공에 차가운 산을 오르면서.

그러나 내 마음은 교만으로 부풀어 오를 것입니다.

그것이 내 주간의 유일한 구두점입니다

택함 받은 자들의 모임이 되었으니

열렬한 찬양과 참된 예배로 번성하고, 굳건한 믿음과 지속적인 사랑이 넘칩니다.

내가 내 나이에 그들이 어디로 갔느냐고 묻는다면, 그들은 대답할 것이다, "우리는 당신의 하나님께로 갔고, 당신께서 우리를 보내신 분께로 갔습니다..."

그래야만 앞을 내다볼 수 있습니다.

내 체류의 마지막 발걸음을 내딛기 위해.

2021

사랑과 상실의 해,
절망과 회복,
끝과 새로 시작.

그랬을 것이다
겨울과 가을의 은신처
봄을 위한 길을 닦기 위해.

힘들었습니다.
그것은 달콤했습니다.
그리고 고요합니다.

피곤했지만,
그것은 테스트되었습니다.
그러나 결코 항복하지 않았다.

주목할 가치가 있는 해입니다.
살아 있고, 활기차고, 조용하고,
심장 박동의 음악으로.

더 베슬(THE VESSEL)

그것은 다소 단순한 그릇이었습니다
치유자의 보살핌 속에서.
그 안에는 강력한 물약이 들어 있었다
그것은 신경을 자극하고 불타올랐다
임사체험의 심장이 아직도 남아 있다.

그 배는 유명해졌고,
배신자들에게 납치되어
악한 간계에 동원되었도다.
그 물약은 독이 되었다
모두의 경멸에.

그 그릇은 치유자를 갈망했다
그리고 그 무가치함을 깨달았으니
같은 배였는데,
같은 정신으로,
다른 주인의 손에만.

무거운 마음

무대는 박수갈채와 함께 흔들렸고,
눈부신 스포트라이트에 휩싸이다
그것은 결코 멈추지 않는 것 같았습니다 ...

계단에서 내려
미소가 넘쳐 흘렀다.
무릎이 떨리고 손이 떨린다.

위엄과 영광 속에서
가장 무거운 마음,
그것은 그 중력에 대해 곰곰이 생각했다.

왜 마음이 기쁘지 않았는가?
무엇이 내면에서 꿈틀거렸는가? 아무도 없어
심장을 짊어진 사람조차도 몰랐다.

소유되지 않음

어쩌면 모든 천사들이
당신의 이름을 아십시오.
나는 너무 열정적이었다
속 삭 였다
내 가장
엄숙한 기도.

'이 정도면 충분하다
당신이 안전하다는 것을,
보살핌을 받고,
사랑
누군가의 품에 싸여
따뜻함과 키스.

흰 장미의 미스터리

흰 장미에는 어떤 매력이 있어,
공정하고 순수한 것만이 아니라,
수정처럼 맑고 신비로운,
그것은 항상 내 상상을 사로잡을 것입니다.

실로 이 순간은 나를 축복해 주었다.
흰 장미가 흩뿌려진 길을 거닐며
얼마나 우아해 보이는지, 초록빛 호위병들과 함께 춤을 추고
바람이 조용한 왈츠를 연주할 때,
라벤더로 커튼이 쳐진 침실에서.

그러나 나는 그들을 단순히 보고 싶지 않다.
그래서 내 연약한 손가락이 의상을 입은 한 몸에 떨어졌고
수수께끼를 풀기 위해서만 -
붉게 물든 흰 장미의,
커튼이 닫히면서 폭우와 함께 춤을 추는 것을 매우
꺼려합니다.

그분을 신뢰하는 것

종종 나는 길을 잃는다
그리고 거미줄에 얽혀
혼란과 혼란...

그리고 난 그냥 도망치고 싶어
메마른 땅으로
그 눈물은...

하지만 내 마음은 너무 무거워
그리고 내 날개는 너무 피곤해
겁을 먹지 않기 위해...

그래서 저는 남아서 기도합니다.
한꺼번에 낮의 햇살이
밝게 빛나고 오세요...

눈물 자국을 맑게 하기 위해
내 두려움을 녹여 버리시고
내가 얽혀 있는 이 거미줄은...

너무 빨리 밝혀지기엔
눈부신 겉옷이 뽑혀 있을 뿐이다
내 힘을 부끄럽게 여기고, 그분을 신뢰하는 것입니다.

내일이 올까요?

짓밟히는 고통 속에서 희망을 품고,
그녀의 뇌 안에서는 종양이 자라고,
그녀에게 한 번 준 아름다움
술에 취한 걸음걸이로 인해 장애가 생겼습니다.
반쯤 굳은 얼굴과 시야가 흐릿해졌다.

그녀가 자궁 속에 품고 있는 생명
꽃이 피었지만 공포가 엄습합니다.
매 순간, 매 심장 박동,
숨을 쉴 때마다 어쩌면 마지막일지도 모른다.
"내일이 올까요?" 하고 그들은 묻습니다.

그녀가 할 수 있는 모든 용기를 동원하여,
그녀는 다른 세 명의 유아를 준비시켰습니다
그녀의 임박한 출발에 대해,
그러나 그녀는 마음속으로 기도합니다.
그들에게는 몇 년 더 머물러야 합니다.

모든 고통 속에서, 그녀는 깨닫는다.
들으시는 하나님이 계시다는 것을,
치유하시는 하나님이 계십니다.
모든 눈물을 닦아 주시는 하나님
무한한 내일의 하나님.

그녀는 이제 앉아서 미소를 지었다.
세 명의 유아와 갓난아기,
뇌 수술에서 살아남은 후.
지금은 두 배로 아름다워졌어요.
생명, 희망, 믿음을 발산하다

당신의 내일

나는 당신의 모든 내일을 바랍니다
로 채워집니다
햇빛과 무지개.

나는 당신의 모든 내일을 바랍니다
흩어집니다
꽃과 친구들.

나는 당신의 모든 내일을 바랍니다
위치합니다
바위처럼 견고하고 무적입니다.

나는 당신의 모든 내일을 바랍니다
울려 퍼질 것이다
사랑과 웃음으로.

평화와 선을 위해 '를 위해,
나는 거기에 없을지도 모르지만,
오늘은 당신의 내일을 축하하겠습니다.

달빛

오늘 밤, 내 사랑,
나는 보름달빛 아래서 햇볕을 쬐었다.
덜 넋을 잃고
내가 당신의 얼굴을 볼 때보다.

달의 위상처럼
그 모든 매혹적인 아름다움 속에서;
덜 아슬 아슬한,
우리의 사랑 이야기보다.

가끔은 숨어버리기도 하고,
가끔은 미소를 짓기도 하고,
덜 매혹적이지는 않은,
그것이 영광스러울 때보다.

오늘 밤, 내 사랑,
보름달빛을 만끽하리라.
우리의 빛이 잠잠해지기 전에
백주대낮에.

부모의 기도

오 하나님, 당신께 우리는
맡아들 - 생명의 경이로움
당신께서 축복하시고 맡기신 것을
우리 부모들은 영속시킬 것이다
영원의 연속체에서.

그녀를 미궁으로 안내해 주세요
인간의 열정과 열망,
그가 길을 잃지 않게 하기 위해서
완벽한 계획에서.
당신은 그녀를 성임하셨습니다
잉태되기 전에도 그랬다.

부지런히 그녀의 손을 빚어 주시고,
그녀의 마음은 조용한 힘으로 단련되고,
순결, 겸손, 섬김,
그녀의 마음 속에, 당신의 율법을 각인시키시고,
이것이 지혜의 기초입니다.

아아, 오 하나님, 부디 그녀의 요새가 되소서
그리고 그녀의 안식처는
부패를 겪고,
어쩌면 당신 앞에 향기로운 향기가 나올지도 모르네,
수녀의 헌신적인 삶의 모든 날들.

사랑하는 아들

그대의 반짝이는 눈을 바라보며
넋을 잃지 않을 수 없습니다.
얼마나 많은 잠재력이 잠들어 있는가
네 영혼 속의 그 작은 열망의 불꽃 속에서
나는 그대가 그대의 손바닥에 흙을 쥐고 있는 것을 본다,
나는 그대가 그대의 말로 세상을 불태우는 것을 본다.
나는 당신이 시간선을 연결하고, 웜홀을 여는 것을 보고,
아직 알려지지 않은 우주의 법칙을 분별하는 것을 봅니다.

아들아, 내 작은 손을 잡고 이 순간을 소중히 여기며
다정하게 회상한다.
그 작은 팔뚝이 엄마의 일격을 어떻게 막아냈는지, 그리고
짐승 같은 짐승을 네 빈약한 체구의 두 배로 때렸어,
그 작은 팔이 떨리는 내 어깨를 얼마나 감싸 안았는지,
내 힘줄을 풀어 내 마음을 녹이고
그 작은 입술이 어떻게 천 번의 키스를 전달했는지,
나의 피로를 녹이고 나의 방어를 무너뜨리기 위해서였다.

나는 당신이 매일 충만하게 집으로 돌아오기를 바랍니다.

그대가 그랬던 것처럼 환한 미소를 지으며

따뜻한 팔과 입맞춤으로 너를 열렬히 감싸고, 네가 키운 아들과 딸들과 함께

너희들이 늘 해왔던 일을, 그리고 그 모든 웃음이 지나간 뒤에, 너희들은 모두 평화로운 잠 속에서 밤을 지새웠다.

언젠가 누군가 당신에게 굿나잇 키스를 계속해줬으면 좋겠어요

당신의 달콤하고, 고요하고, 멋진 인생의 나머지 부분을 위해.

나는 너를 기억할 것이다

나는 당신을 기억할 것입니다 -
내 인생의 여명기에, 당신께서 양육하시는 대로
지식과 힘으로 절정에 이르렀네, 당신께서 내 길을 이끄시듯
인간의 오만함을 무의미하게 추구합니다.

나는 당신을 기억할 것입니다 -
절망과 고독의 심연 속에서,
성취의 찰나의 순간을 지나
지혜와 분별력의 극치에서,
아픔이 아물고 수고가 끝났을 때.

나는 당신을 기억할 것입니다 -
내가 맹세를 하기 위해 통로를 걸어 내려갈 때,
창조의 마법을 되살릴 수 있는 연합 안에서. 내 포도원의 첫 열매를 당신께 드리며 내 곡식 중 가장 좋은 것을 당신께 맡기리이다
나는 당신을 기억할 것입니다 -
당신만이 제가 기억할 수 있는 유일한 분이 되실 때까지,

시공간에 대한 기억마저 희미해져 죽음의 그림자가 내 숨결을 훔쳐갈 때까지

내가 더 이상 기억되지 않을 때까지...

주님, 당신을 기억하겠습니다.

빛 속으로

오 피곤한 영혼이여
괴로움 속에서,
더듬음과 갈망
빛의 광선을 위해,
죄로 인해 눈을 가린 채,
발판에 배신당하다
실형을 선고받은 사람들 중
죽을 때까지.

우리의 부름에 귀를 기울이고,
우리 가운데 잃어버린 양들!
우리의 손이 뻗어나갑니다
우리가 전에 도달했던 것처럼.
눈을 뜨세요
빛 속으로
하나님이 기다리시는 곳
너희에게 생명을 주기 위해서.

고요한 해안으로

절망의 바다 한가운데서
나는 어디로 가야 할지 모르겠다.
싸우면 파도가 나를 끌어당긴다
격렬한 깊이까지.
온 힘을 다해 팔을 펄럭여도,
내 모든 힘이 소진되고 헛되리라.
그런데도 나는 거대함 속에 갇혀 있다
그것은 나를 훨씬 넘어서는 것입니다.
내 지혜를 넘어서, 내 힘을 넘어서,
그러나 나의 믿음은 그렇지 않다.

그래서 나는 눈을 감고 머리를 쉬었다
성난 물에도 맞서
포효하는 파도가 내 살을 파고들어도
눈을 더 꽉 감고,
절망의 바다에서 더 쉬어라.
제게 스승님이 계시다는 것을 알기에,
이 모든 거대함을 초월한 분만이 홀로 계십니다.

누가 나를 잔잔한 물살로 데려다 줄까
깊은 곳을 넘어서, 난기류를 넘어서,
고요한 해안으로.

거미줄

위대한 스피너
신처럼 뒤로 물러난다
일곱째 날,
뮤즈는 이 상아탑,
조용히 자신을 토닥인다
웹을 위해 잘 했어,
몰래 추격하면서
잔치의 먹잇감.

거의 의기양양한 일이다
환희, 가장 달콤한
노동의 결실이지만 그렇지 않습니다
서두르는 발걸음에.
또 다른 스피너가 일하러 가고,
다른 종, 다른 형태,
같은 깨지기 쉬운 거미줄,
같은 운명.

땅의 끝

황혼입니다만,

몇 초만 더 남았습니다

한 줄기 빛이 비치기 전에

이 짙은 어둠을 흩뿌린다.

여전히 지구에는 공포가 깃들어 있습니다.

그녀는 입에서 용암을 내뿜으며 울부짖었다.

바다가 요동치고, 땅이 흔들리고,

그녀의 피는 유독했고, 그녀는 숨을 헐떡였다.

그녀가 품에 안고 있는 남자

마찬가지로 절망적이다.

그는 알 수 없는 질병에 시달리고 있습니다.

굶주림에 시달리면 몸이 쇠약해진다.

그는 통일을 희망하며 민족 국가를 건설하고,

더 분열시키기 위해,

그가 동생의 목숨을 희생시키면서까지 싸울 땅과
이데올로기로.

그는 아직도 쓴 열매를 맛보고 있고,
이전의 낙원에서 은둔한 곳에서,
무작위 폭발의 데미 세계를 형성하여
생각하는 기계, 진화하는 유인원, 무력한 신들.

이 모든 주관적인 위대함과 지혜 속에서,
인간은 자기 자신의 것을 끝내기로 결정했고,
짐승처럼 존재하고 익사합니다
잠깐의 환각에 빠졌다.

대지, 그녀는 울부짖는다. 그리고 그는 비명을 지른다.
둘 다 참으로 고통 받고 있습니다.
그러나 그들을 치료할 수 있는 마음은
춥고 원합니다.

새벽이 가까웠고,
그러나 가장 큰 공포는 아직 오지 않았습니다.
심판할 권세를 받은 모든 이들이
그에 따라 심판을 받게 됩니다.

옳은 길을 선택한 모든 이들,

빛을 밟도록 선택될 것이며,

그리고 끝까지 견뎌낸 모든 이들

약속의 땅을 상속받을 것이다.

올림푸스 산 오르기

나는 여기서 발을 경작하고 있습니다
올림푸스 산, 근처
그늘진 나무와 강둑,
잉꼬 근처에 여전히
서로에 대해 알아가기.

나는 여기서 군중을 보고 있다
신이 되려고 애쓰는 인간들, 기어다니는 사람들
가파르고 미끄러운 비탈길을 넘어
게처럼 서로의 등 위로
스핀스터의 바구니에.

내가 여기 있는 이유는 아무것도 없기 때문이다
저 위에는 숨 막히는 영원한 공허함만이 있었다
황량하고 황량한 산의 그래프
역사책에 대항하여, 아직 내려오지 않았다
조용히 세상을 떠나는 것입니다 ...

저 여기 있습니다.

맨날

하루하루가 선물과 같습니다.
포장을 풀어야 합니다.
한 조각 한 조각,
층층이 쌓아 올려,
매초에.

하루하루가 한 페이지와 같습니다.
우리는 다음과 같이 써야 합니다.
운명이 허락하듯이,
장면 하나하나,
우리 삶의 이야기.

하루하루가 선물입니다.
우리는 베풀어야 합니다.
우리의 본질을 말하자면,
목적을 달성하기 위해
우리의 지상 존재에 대해.

소중히

"너는 내 눈에 소중하니,
영광스럽고 사랑합니다."
넌 내가 소중하다고 말하곤 했어
그대의 눈동자처럼
머리카락 한 가닥까지 세어본다.

그래서 나는 두려움에 얽매이지 않고 인생을 걸어갔어,
우주의 모든 불꽃이 똑같듯이
가정에서 따뜻한 난로로로.
속임수를 모르고 모든 것을 믿었습니다.
그리고 나는 모든 것이 좋다고 믿었다.

불볕더위가 나를 녹일 때까지
귀머거리 폭군 앞에 무릎을 꿇은 왁스.
찌르는 듯한 고통, 그래서 그런 느낌이었다.
한동안,
"당신은 하나님이시고, 나는 암만입니다
내가 무엇이기에 나를 마음에 두시겠습니까?"

제 영혼이 불타올랐을 때, 당신의 품에 불이 붙었다는 것을 생각도 못했네,

어미의 손에서 목욕을 받는 아기처럼,

왁스처럼 녹아 버리도록,

당신의 형상을 따라 빚어지겠습니다.

어쩌면 한 세기는 더 현명하고 강했을지도 모르지만,

더욱더 나는 그것을 믿는다.

내 머리카락 한 가닥이 세어졌다.

더욱더 나는 묻는다, "당신은 하나님이시고, 나는 암만이시니,

제가 무엇이기에 당신께서 저를 마음에 두고 계신가요?"

우주의 어두운 구석에서

우주의 어두운 구석에서
나는 내 성의 초안을 그리고,
그리고 내 마음의 갈망에 노래를 불러라.
아무도, 심지어 나조차도,
아픔을 참을 수 있고,
그리고 모든 남자들이 너무 아프다
좀 더 아프기 위해,
그럼 이 어두운 구석,
그리고 이 달콤한 침묵,
그리고 약간의 믿음만으로도,
성과 노래를 만들고
고난을 치유하기 위하여
내 영혼 속에서.

미소를 짓기 위해

미소. 웃다. 희망. 사랑.
오르다. 달리다. 파리!

들다. 트러스트. 희망. 접촉.
눈을 깜박거리다. 휴식. 한숨.

묻다. 걷다? 숨기다. 걷다?
서다. 걷다? 노력하다.

사랑. 울다. 희망. 울다.
쉬다. 기도하다. 미소!

중요한 순간

눈을 감고 영혼을 보아라.
침묵을 지키고 당신의 마음이 말하게 하십시오.
한 번도 들어본 적 없는 노래를 듣고,
그분의 영의 권능에 굴복할 때 말입니다.

순식간에 영원을 경험하고,
이 낙원의 소포를 맛보십시오.
그분이 당신의 유일한 무기가 되시게 하소서,
그분께서 그대의 눈에서 안개를 걷어 주시도록 하십시오.

그는 너를 기다리고 있었어, 소중한 피조물, 세상이 물과 빛을 필요로 한 이래로
그분께로 돌아와 연합을 재건하소서,
온 영혼과 마음과 힘을 다해 그분을 찬양하십시오.

이 기억이 그대의 인식을 떠나지 않게 하라.
당신은 가장 위대한 지혜를 경험하셨습니다.
너는 사람의 유일한 본분을 다한 것이다.
눈을 뜨고 일어나 다시 세상을 마주하십시오.

마법의 단어

바벨탑이 무너지기 오래 전에,

남자는 부서진 부분을 계속 고쳐 주었다

천국으로 가는 길을 닦을 수 있는 언어,

그런데도 마법의 말은 입 밖으로 나오지 않았다

지식이 사람들의 마음을 가득 채웠기 때문에...

어리석은 지경에 이르렀다. 불쌍한 생물들, 타락한 것들

날개와 희망이 꺾인 천사들, 천국의 한 조각을 간절히 갈망하는 천사들.

그들이 말하지 않은 것을 들을 수만 있다면

사람의 마음 속에 깊이 새겨진 말.

에덴 동산이 무너지기 오래 전에

지혜를 위하여, 첫 번째 율법을 어겼을 때.

그래도 천국으로 돌아가는 길

일부러 말로 표현하지 않는 것이 더 낫다- 인간의 마음을 합칠 마법의 주문.

마이 홈

주님, 당신의 집을 사랑합니다.

그곳은 나의 집이었다.

집의 침묵 속에서 반짝이는 종소리가 들리고,

그 고요함 속에는 영혼과 천사들의 축제가 있습니다.

그 울타리 안에는 죄책감과 고통으로부터의 자유가 있습니다.

그것의 명백한 취약성에는 힘과

안전

그 진리의 단순함 속에 가장 깊은 지혜가 있습니다.

여기서 나는 눈을 감고 내가 본 것 중 가장 밝은 빛을 보았다

알려진

저는 그런 빛 안에서 살기를 원합니다, 주님,

당신과 함께 당신의 집에 영원히 머물게 하소서

주님, 감사합니다

주님, 온 힘을 다해 감사합니다

세상의 내리막길이 다가오고 있지만

밤처럼 인류에게 어렴풋이 다가오고,

당신의 별들을 보내셔서 우리의 빛이 되게 하셨네,

당신은 옳은 것을 보여주기 위해 당신의 가이드를 보냈습니다

영원한 생명에 이르는 사람의 발길이 뜸한 길.

주님, 온 마음을 다해 감사합니다.

온 영혼을 다해 당신의 이름을 찬양합니다.

우리를 모아 한 무리가 되시고,

땅 끝에서, 당신은 우리를 본향으로 데려오셨습니다.

당신은 우리의 죄를 눈부시게 하얗게 씻으셨고,

당신은 우리의 삶을 축복하셨고, 당신의 삶을 축복하셨습니다.

신앙과 이성

나는 우리 집 지붕을 오르곤 했는데,
떨어지는 별을 바라보며
소원을 빌고, 행복하게 꾸벅꾸벅 졸고,
증명하라는 요청을 받기 전까지는,
하나님이 존재하신다면 어디에 계신가?

나는 내 마음을, 높은, 깊은데,
수수께끼 역시 우연으로 치부되는 곳,
그리고 진화하기에는 너무 광대하고 완벽한 삶,
외경심을 불러일으키는 창조주를 분명히 지적하고,
어디에나 있는 사람.

그래도 남자들의 눈에는 너무나 지혜롭고,
보이는 것만 믿고,
합리적 의심의 여지가 없는 입증
그들 자신의 연약한 마음으로 그들의 힘으로
너무 쉽게 깜박입니다.

반면에, 다른 사람들은 너무 많은 믿음 때문에,
무시당하고, 이제는 속고 노예가 된 이성,
그러나 여전히 꽉 잡고 단호합니다
그들의 논리를 조롱하는 교리에
얼굴을 맞대고.

이제 이성과 속임수에서 해방되어
진리에 대한 믿음으로 축복받은
난 아직도 지붕을 오르고
떨어지는 별을 조심하고,
평화롭게 기도하고 졸아라.

포터, 나의 창조자, 나의 사랑

당신의 맨손이 흙으로 나를 빚으셨고,
생명과 의식의 숨결로 따뜻해지고,
나를 무언가와 누군가로 빚어내신 도공이신 당신을 알기 위해서.

깜빡이는 지혜가 부와 권력의 미로를 이끄는 세상에서 길을 잃으면
당신은 당신이 선택한 떠오르는 태양 속으로 나를 들어 올리셨고, 당신은 나를 빛나는 진리의 빛으로 만드셨습니다.

나는 먼지였고, 내 날은 헤아렸으며,
당신은 나를 죽음에서 낚아챘네,
양육하고, 불을 붙이고, 사랑하고,
당신의 소중한 사람이 되기 위해서입니다.

나의 포터, 나의 창조자, 나의 사랑,
당신께 저의 힘을, 제 영혼을, 제 자신을 바칩니다.
제가 아무리 겸손할지라도 당신을 섬기고 있습니다.
인생의 한계를 초월할 것이다.

불꽃이 꺼질 때

12 월의 차가운 바람
내 램프의 마지막 불꽃을 훔친다.
나는 무턱대고 낙서를 했다
마지못해 뿜어져 나오는 반달의 광채,
한때 초승달이었을 때, 요람
그 품에 안긴 연인들,
여름 전야에 상냥하게 웃고 있습니다.

12 월의 차가운 바람 속에서 달콤하게 미소 지으며 안겨 있던 기분을 회상하며
당신의 품에, 우리의 불꽃이
불타는 별들을 부끄럽게 할 수밖에 없었고,
차가운 12 월의 바람까지
그대 사랑의 마지막 불꽃을 훔치고,
무턱대고 흉터를 더듬었다
당신의 불씨가 새겨졌습니다
타오르고 오싹한 내 마음 속에서.

믿음으로 안식하십시오

편히 쉬어라, 사랑하는 마음이여, 무죄의 침대에서 편히 쉬어라.

속삭이지 말고, 노래하지 말고,

또는 지혜와 궁합,

또는 천사의 얼굴과 약속의 꽃다발 평화로운 잠에서 깨어나십시오.

조용히 해라, 사랑하는 마음이여, 세상은 참으로 시끄럽습니다, 어쩌면 당신의 껍질을 부수고 싶어 안달이 난 것 같습니다.

그 안에 어떤 보석이 있는지 보기 위해. 그러나 방해받지 마십시오.

금은 불의 시험을 견뎌야 합니다.

그리고 다이아몬드는 상처를 입지 않습니다.

가만히 있어라, 사랑하는 마음이여, 순수하라, 손대지 말라,

두려워하지 마라, 산들은 너무나 큰 경비병이다. 그대는 시간을 미워하지 말아야 한다, 그녀는 그대의 하인이다.

바다의 파도처럼 침략하려는 자들의 발자국을 살며시 쓸어버린다.

사랑하는 마음이여, 평안히 잠드소서, 그리고 예상보다 더 빨리,

너희 아버지께서 너희를 축복하셔서 누군가를 주실 것이다

당신의 온기를 오랫동안 기다렸던 팔.

그는 당신의 경비병, 당신의 군대, 당신의 성이 될 것이며, 당신의 행복하고 깨어난 나머지 순간을 위한 당신의 힘이 될 것입니다. 그러나 사랑하는 마음이여, 지금은 믿음 안에서 쉬십시오.

그분은 결코 당신의 마음을 아프게 하지 않으실 것입니다

진정한 사랑을 찾고 있다면,

그것은 항상 신선하고 새롭습니다.

그런 다음 더 이상 검색하지 말고 위만 보십시오.

주님은 여러분을 간절히 원하셨습니다.

너무나 아프고 아프다면,

찢어진 사랑을 위해

그리고 하나님께로 돌이키세요, 그분은 결코 당신을 떠나지 않으실 것입니다,

그분은 결코 여러분의 마음을 아프게 하지 않으실 것입니다.

당신이 그분을 그리워한다면, 그분은 부재하지 않으십니다

별이 빛나는 하늘 너머,

그분의 사랑이 분열된 것처럼 보일지라도,

더 많이 늘어납니다.

온 몸으로 주님을 사랑하고,

그분께 당신의 삶을 바치십시요,

굵고 가늘게 그분을 신뢰하고

그분은 결코 여러분의 마음을 아프게 하지 않으실 것입니다.

그러면 적절한 때에 그분은 찾으실 것입니다.

당신이 찾고 있던 사람,

기쁨과 평화 안에서, 둘이 아니라 하나,

여러분은 그분을 더욱더 사랑하게 될 것입니다.

당신의 삶이 너무 빨리 끝날지라도,

하나님의 사랑은 결코 끊어지지 않을 것이다

여러분의 자녀와 손자 손녀 여러분,

그분은 결코 여러분의 마음을 아프게 하지 않으실 것입니다.

검색하고, 빛나고, 공유하세요

진리를 찾고, 지혜를 찾고, 사랑을 찾고, 무엇보다도 하나님의 뜻을 찾고,

안심하지 마십시오.

영원히 네 것이 될 때까지,

그것들은 당신이 가질 수 있는 가장 위대한 보물입니다.

마음속에 진리와 믿음과 사랑이 있으면, 그것들이 너의 길을 인도하고 너의 길을 비추게 하라.

억압되어도

억눌려도

그들을 붙잡고 결코 헤어지지 않도록 하십시오.

그러면 당신의 빛은 결코 숨길 수 없습니다.

당신이 걸어온 길을 다른 사람들이 밟도록 이끌고,

당신의 빛을 나눕니다.

그것은 곱하고,

당신은 하늘의 광채처럼 빛날 것입니다.

거기서 만나요

그들과는 거리가 멀다군중을 더하고,

그들의 외침과 저주가 멀어지고, 음소거되고, 잔잔한 사랑 노래로 바뀌는 곳.

족쇄가 부러지는 곳
그리고 죄수들이 풀려났고, 거기서
그리고 계약은 새장에 갇힌 것처럼 봉인이 해제됩니다.

그 비밀의 장소로 날아가자
장미가 피는 곳, 별이 빛나는 곳,
그리고 라벤더 향기가 공기를 가득 채웁니다.

공포와 공포가 있는 곳
어쩌면 싸여 있는 동안 녹았을지도 모른다
따뜻한 손, 뜨거운 포옹, 열정적인 키스.

의심과 혼란이 있는 곳
어쩌면 해방으로 맑아졌을지도 모르지만,
오직 쌍둥이 영혼의 혼합만이 알고 있는 것.

사랑이 침묵할 수 없는 곳,

매 순간이 영원한 곳,

그러나 영원은 너무 짧습니다.

공간도 시간도 없는 곳,

헤아릴 수 없는 행복과 무지개, 그리고 오래 전에 떠난 반쪽의 결합만이 그곳에서 나를 만난다.

살기 위해

누가 우리에게 산다는 것이 무엇인지 가르쳐 줄 수 있습니까?

그것은 날마다 존재할 것인가?

먹이고, 자고, 숨 쉬고?

누가 우리에게 어디에 살아야 하는지 가르쳐 줄 수 있습니까?

땅인가, 바람인가, 하늘인가?

아니면 탑, 궁전, 별입니까?

우리가 언제 살아야 하는지 안내해 줄 수 있는 사람이 있습니까?

뻔뻔하고 눈부시게 꽃이 만발한 묘목인가?

아니면 부드럽고 노련하며 느긋한 현자입니까?

누가 우리에게 왜 살아야 하는지 깨우쳐 줄 수 있습니까?

가슴과 자궁의 꽃인가?

아니면 사명, 비전, 사명입니까?

누구든지 우리에게 어떻게 살아야 하는지 보여줄 수 있습니까?

선택하는 것, 꿈꾸는 것, 행하는 것일까?

아니면 웃고, 사랑하고, 즐기기 위해?

과연 누구든지 파악할 수 있을까

무엇을, 어디서, 언제, 왜, 어떻게 살 것인가?

아니면 모든 것이 단순합니까? 살기 위해.

내가 사랑하는 사람

내가 사랑하는 사람
탑입니다.
스탠스에서
그리고 상태.

내가 사랑하는 사람
공기는
항상 그 자리에 있습니다
편안 하 고 손질합니다.

내가 사랑하는 사람
독수리,
꾸준히 높이 날다
어떤 폭풍우 속에서도 말이죠.

내가 사랑하는 사람
나의 탑, 나의 공기, 나의 독수리,
나의 맹렬한 수호자여,
내 생명과 모험의 원천.

우리가 신경을 쓰기만 한다면

우리가 보고 싶다면
숨이 멎을 듯 아름다운 태피스트리
부드럽고 무지개 빛깔의 색조
새벽녘 하늘에 드리워지고...

우리가 귀를 기울인다면
우리가 깨어나기 훨씬 전에
새들의 감미로운 세레나데에
아름다운 아침을 맞이합니다. . .

우리가 느끼기 위해 신경을 쓴다면
부드러운 입맞춤처럼 시원한 바람이 불어오고,
일출의 따스한 포옹,
살랑살랑 흐르는 물의 애무...

주의해야 할 경우
셀 수 없이 많은 선물
끝없이 우리에게 쏟아졌다

날마다...

그러면 우리는 깨닫게 될 것입니다

우리는 얼마나 특별한가,

눈에 얼마나 소중한가

점잖고 사랑이 많으신 창조주.

더 트리(THE TREE)

정치가처럼 버티고
우아함으로 빛나다 -
나무를 묘사하는 것이 아름다움이 아니라면,
또 뭐가 있겠어요?

튼튼한 몸통에
역사가 새겨져 있고,
타임라인을 찾을 수 있습니다.
나무의 중심에.

가지의 패턴
놀라운 복잡성을 표시하고,
나뭇잎의 풍요로움
여성의 더할 나위 없는 영광을 부끄럽게 한다.

밤하늘의 별처럼
작은 꽃이 활짝 피었습니까?
생명의 샘이 솟아납니다

그 숨과 자궁에서.

그 침묵 속에 힘이 있다

그것은 시간의 시험을 견뎌냅니다.

그 아름다움과 지혜와 가치에 있어서,

이보다 더 숭고한 것이 어디 있겠습니까?

일시정지

무엇이 음악을 만드는가?
음표뿐인가,
최고점과 최저점,
아니면 그 사이의 침묵?

컨테이너를 만드는 것은 무엇입니까?
단지 주변일까,
그 주변 구조물,
아니면 그 안의 빈 공간?

무엇이 우주를 만드는가?
별들뿐일까?
행성과 은하,
아니면 광활한 공간이 떠 있습니까?

무엇이 시간을 만드는가?
단지 초일까,
시간, 일, 월,

아니면 간격 중재?

무엇이 생명을 만드는가?

언제나 움직임일까,

일어나고, 도달하고, 성취하고,

아니면 아무것도 쫓지 않는 침묵의 순간?

나는 너와 함께 있을 것이다

나는 너와 함께 있을 것이다
비를 뚫고
아픔을 말리기 위해,
당신의 무지개가 되십시오.

나는 너와 함께 있을 것이다
헷갈릴 때는,
빛이 확산되면
집중력을 높여줄게.

나는 너와 함께 있을 것이다
의심스러울 때,
두려움이 마비될 때,
내가 너의 해독제가 되어줄게.

나는 너와 함께 있을 것이다
열병이 절정에 달했을 때,
떨 때마다,

내 팔이 덮을 것이다.

기분이 우울할 때,

모든 것을 잃고 사라질 때,

당신이 아무것도하지 않을 때,

나는 너와 함께 있을 것이다.

임종

피곤한 하루를 보낸 후
우아한 유리벽 사무실에서
인간 관계의 엉망진창을 풀고,
기업의 재정 건전성 유지,
밤늦게 도착하니,
힘들게 번 저택에서
닳아 없어진 머리를 내려놓기 위해
킹 사이즈 침대에서,
동료들의 끝없는 수다로
여전히 당신의 꿈을 괴롭히고 있습니다.

일은 삶이고, 삶은 일이고,
하루하루가 순식간에 몇십 년으로 바뀔 때,
몸의 활력을 낚아채고,
그리고 아무리 많이 벌었어도,
헤아릴 수 없는 지혜를 배웠는지, 언젠가는 끝을 마주해야 합니다.
지친 머리를 다시 한 번 쉬게 하기 위해.

모든 업적과 소유물 중에서

평생을 돈을 벌며 살았잖아요.

임종의 순간에 무엇을 가져갈 수 있습니까?

완료

우뇌와 좌뇌
전혀 같지 않고,
기능상 거울조차도 아닙니다.

오른쪽 눈과 왼쪽 눈 각각
시야의 일부를 덮습니다.
다른 사람에 대해 눈이 멀었다.

몸과 영혼,
형태는 다양하지만
인간이 되려면 수렴해야 합니다.

남자에게는, 여자에게는,
다른 차원과는 확연히
그러나 그의 완성은 독특합니다.

영원한

시간의 개념은
시간 그 자체만큼이나 오래된,
그리고 그것은 너무 편리했습니다
추상화입니다.

정말 있다면 어떨까요?
과거나 미래가 없습니까?
끝없는
선물.

정말 가능합니까?
그것이 오늘날 우리가 하는 일입니다
과거를 되돌릴 수 있습니다.
그리고 역사를 다시 쓰시겠습니까?

가장 큰 반란
인류의 역사 속에서
폐지가 될 것입니다
시간의.

먼 과거

나는 왜 항상 찾고 있는가
최근 이벤트에서
먼 과거의 일이었을까?

마치 바다에 잠긴 것처럼
모든 목소리가 흐릿하게 들리고,
그리고 모든 광경이 흐려졌다.

왜 집착이 없습니까?
소중한 추억에
섬세하게 편집하고 있습니까?

과거도 현재도 없는 것처럼,
아니면 미래, 모든 것이 무너지는
이제 느끼고 볼 수 있는 것까지.

보다

보라, 전능하신 주님,
하늘의 거처에서
혼자라고 생각할 때는,
그분은 우리의 행위를 보시고,
우리의 간청을 들으시고,

보라, 만군의 여호와여,
누가 그의 군대를 집결시키는가
졌다고 생각했을 때,
그분은 묵묵히 우리의 싸움을 싸우시고,
그리고 우리의 전쟁에서 은밀하게 승리합니다.

보라, 만왕의 왕이시여,
모든 것의 소유자 -
아무것도 없는 것 같을 때,
그분은 성문과 강과 끝을 여시고,
우리에게 뜻밖의 축복을 베풀어 주시옵소서.

공허

물질은 무엇이든
그것은 차지합니다
공간, 그리고 다른 사람들에게,
중요한 것은 이 모든 것입니다.

그러나 우주에서는
장소가 있습니다
중요한 곳
상관 없습니다.

사물을 찾는다는 것,
중요한 발견
때때로 누락 되 고 있습니다.
그리고 그것은 아무것도 아닙니다.

공허, 진공,
물질이 없는 공간,
시작, 끝,
모든 가능성의.

놀이기구

인생은 하나의 아름다운 모험입니다
흥미 진진한 놀이기구와 여행
한때 알려지지 않은 사람들에게.

미지의 바다와 골짜기로,
산과 바다,
생물과 문화.

감정의 롤러코스터에,
상쾌한 높이의 봉우리,
그리고 느슨한 저점의 골짜기.

한때 두려움의 대상이었던 곳에서 벗어나다
알고 경험함으로써
타고, 느끼고, 지나가고.

작은 새

벽 위에서,
작은 새가 날아간다
나뭇가지 사이.

흥겹게 노래하기
새벽 합창으로
다른 작은 새들 사이에서.

순간을 즐기며,
어떤 요구 사항도 잊어 버림
영양을 위해.

나는 너다, 작은 새,
아직 알려지지 않은 채,
노래라는 선물에 만족합니다.

구름

엄마, 비가 쏟아지면
구름이 울나요?
날개는 없지만,
그들은 어떻게 날 수 있습니까?

엄마, 구름 맛이 어때요?
달콤한가?
진짜 솜사탕인가요?
떠도는 선물처럼?

엄마, 정말 성이 있나요
구름 위에?
저를 그곳으로 데려다 주시겠어요?
군중이 무서울 때?

나비

그 여정을 누가 알겠는가
그대는 고통스럽게 여행했네.
anicky 애벌레에서
나뭇잎과 꽃을 삼키고 있습니다.

고독을 누가 알겠습니까
그대는 꿋꿋하게 견뎌냈고,
고치 속에 싸여
언제 다시 태어날지 모른다.

이제 아름답고 장엄한 나비,
당신이 지나갈 때 눈길을 훔치는 사람,
우뚝 서서 자유롭고 높이 날아오르며
인생의 의무적인 시련을 능가합니다.

우리의 우주

우주가 있다
너와 내가 있는 곳
손을 잡고 걷기
평온하고 방해받지 않고...

바닷가의 옆에,
바다의 파도와 함께
발바닥에 키스
그리고 우리의 영혼을 진정시킵니다.

고요한 정원에서
활짝 핀 꽃과 함께
우리의 길에 카펫을 깔다
그리고 우리의 마음을 따뜻하게합니다.

우리만의 스위트 홈 주변에서,
우리 딸들의 웃음소리와 함께
벽과 복도를 채우고,

우리 귀에 음악처럼.

우리의 마지막 날까지,

우리의 사랑스런 추억과 함께,

우리 인생의 석양처럼

여전히 우리 마음 속에서 빛나고 있습니다.

보고 싶어요

보고 싶어요
자물쇠가 어떻게
열쇠를 놓치고,
닫힐 때마다.

보고 싶어요
그들처럼
그 양이 그리워
생명의 순환 안에서.

보고 싶어요
비둘기처럼
바람을 그리워하고
날아다니는 동안.

보고 싶어요
몸과 같은 방법
영혼을 그리워하고
그 존재의 본질.

떨어져

때때로, 사람과 사물
함께해야 할 사람들
떨어져 있도록 설계되었습니다.

테이블의 다리처럼
또는 의자의 팔다리,
파르테논 신전의 기둥처럼.

더 가까이 있으면 무너질 것입니다
전체 구조,
멀수록 더 강해집니다.

그들은 떨어져 있어야 합니다
중요한 부분이 되기 위해
더 큰 목적을 가지고 있습니다.

사랑 나누기

이보다 더 큰 마법이 어디 있겠습니까
두 영혼이 합쳐지는 것보다?
그들의 심장 박동조차도
교향곡의 파운드,
열렬한 춤에
그것은 기초를 흔들 수 있습니다
금주와 사회.

이보다 더 큰 아름다움이 묘사되어 있습니다
반대되는 것들의 결합에서,
병치에서
빛과 어둠,
약하고 강한 것,
음양의,
대사와 노래.
이보다 더 큰 축복이 어디 있겠습니까
기쁨의 절정에서,
한때 강력한 폭발

해방되어 왔습니다.

평온함이 지배하고

단결을 감싸다

따뜻한 사랑의 불꽃 속에서

모든 것이 시작된 곳, 그리고 결코 끝나지 않는 곳.

신념

매일 밤 별들 위에서 나는 간청을 속삭인다.

얼룩덜룩한 공허 사이로 그대의 얼굴을 더듬어

내 사랑아, 네가 나와 함께 식사하러 여기 있다는 것을,

한때 맛이 없었던 잔치가 가장 즐겁다.

포도주보다 당신의 입맞춤을 더 즐기며

당신의 손길의 가벼움에 의기양양하고,

그리고 당신의 시선에서 별자리가 얼마나 빛나는지!

지상의 다른 어떤 광경도 나를 크게 기쁘게 하지 않습니다.

하지만 내 사랑인 우리는 운명의 포로들이다.

평생의 멍에와 장벽에 징계를 받으시고

하늘 높이 솟은 벽이 사랑의 침을 뚫지 못하고, 봉인되고
연결된 것은 산산조각이 날 수 없습니다. 그리하여 매일 밤
별들이 내 울부짖음을 들을 것이다

나는 결코 우리의 사랑을 포기하지 않을 것이기 때문이다.

손상

당신은 나에게 주의를 줬습니다.
당신이 피해를 입었다는 것,
상처와 공포.

나는 매우 기뻤다.
그대가 온전했더라면,
더 이상 공간이 없을 것입니다.

당신에게도 미리 경고합니다.
나도 피해를 입고,
흠이 있고 두렵다.

정말 멋져요.
들쭉날쭉한 가장자리가 흔들리는 방법
온전한 마음을 형성하기 위해.

보내지

사랑해요

사랑을 담아

그것은 결코 소유하지 않습니다.

당신의 미소

나의 미소가 되리라.

그러나 아플 수 있습니다.

당신의 결정

내 입법인가,

최종적이고 취소할 수 없습니다.

너무 사랑해요

널 보내주기 위해

당신의 마음이 갈망하는 곳.

일단 당신의 날개

피곤하고,

내 안에서 맹세하노라

당신은 항상 집을 가질 것입니다.

시즌 종료

그대가 고아가 되었을 때,
널 품에 안고
엄마가 필요했기 때문에,
슬기롭게 길을 닦으시고
아버지의 권고를 따르기 위해서입니다.

나는 네가 힘과 권능이 자라는 것을 보았고,
전쟁에서 승리하고, 왕국을 정복하고,
자, 당신의 왕좌에 우아하게 앉으시여,
나의 때가 왔네,
내 작업이 완료되었습니다.

꽃잎이 아무리 아름다워도
사랑스럽고 매력적인 꽃,
결실을 맺을 때가 되면 그들은 떨어집니다.
태양마저도 장관을 이루며
우주를 엿볼 수 있습니다.

나의 가장 사랑하는 이여, 나의 사랑하는 이여,

어쩌면 손을 뗄 때가 된 것 같습니다.

천상의 계획에 굴복하여

치밀하게 계산된 세계에서,

모든 이벤트는 설계되었습니다.

시작

우리가 통로를 따라 행진할 때,
내 손을 잡고 있는 너의 작은 손,
우리가 지나가는 것 같습니다.
돌이킬 수 없는 지점.

아무리 귀엽고 재미있어도
우리의 옛 황금 시대는
운명은 종종 기괴합니다
우리를 상향 변화시키기 위해서입니다.

주어진 시간 범위 내에서
모든 인간에게,
각 챕터는 도전입니다.
모든 끝에는 시작이 있습니다.

각 단계로 나아갈 때
더 큰 책임과 권능을 지니고,
나의 약속은 나의 손 안에 있는 당신의 손입니다.
우리는 함께 모든 시련을 이겨낼 것입니다.

나무 조각

가시가 있습니다
내 가슴을 찔렀네,
치명적인 오류가 될 것입니다
그것을 분리하기 위해.

가시가 있습니다
내 눈에 박혀
눈물이 강물처럼 흐르고
작별 인사를 할 수 없습니다.

동점이기 위해 규칙이 작성되는 이유
두 사람을 종신형에 처하고,
한때 옳다고 여겨졌던 선택을 위해
그들의 깨우치지 못한 마음 때문입니까?

왜 두 영혼을 자유롭게 할 수 없는가
사회가 씌운 속박에서 벗어나
교도소 밖에서
우주는 그들의 팽창을 기다리고 있습니까?

기억

인생은 컬렉션이다
저장된 액션 사진 수
마음 속에.

그러나 패킷이
기억 함유 세포의
채워졌는데 무엇이 남았습니까?

순간을 할 수 있는 곳
추억을 떠올리시나요? 어디서 할 수 있습니까?
사랑하는 사람을 찾을 수 있습니까?

당혹스럽지만 가끔은
마음이 너무 익숙하다
머릿속이 흐려진 일들에.

테스트

우리의 사랑은 철저한 조사를 거쳤고,
그것의 순결한 질을 증명하기 위하여는,
훨씬 더 가치 있는 것을 위해
금, 다이아몬드 또는 어떤 보석보다,
진위 여부를 확인하고,
그러나 의도치 않게
더욱더 끈질기게.

진짜 금인가요? 평가하기 위해,
산이 쓰레기를 만들까요?
그것이 진정한 사랑인지 평가하기 위해,
어떤 상처를 입어도 살아남을 수 있을까요?
다이아몬드처럼 순수하고 삭막한가?
마음 깊은 곳에서만
다른 어떤 사랑도 흔적을 남길 수 없습니다.

우리의 사랑은 지속될 것인가
시간의 시험?

서서히 죽지 않겠느냐?

그러나 더욱 숭고하여라,

폭풍이 지나간 후 꽃이 피을까,

가뭄 속에서도 강하다?

지금까지 우리의 사랑은 그 모든 것을 능가했습니다.

보이지 않

이미지가 있는 우주에서
기초 형성
사람들의 페르소나,

치열한 사회에서
얼굴이 의무적인 곳
눈에 띄도록 튀어나오기 위해,

나는 투명인간이 되기로 선택했다.
그리고 시크릿에 기여하고,
고요한 비밀의 공간에서,

나의 치욕을 모르고
장애와 결핍,
나의 초능력이 되었습니다.

돌아올 수 없는 지점

순간이 올 것입니다
우리가 지금까지 여행했을 때
돌이킬 수 없다는 것을.

고향의 추억을
매혹적이다, 우리는
방랑자가 반갑게 맞아왔다.

어떤 사람들에게는 스트레칭
이별점에 도달
그렇다고 해서 돌아올 수 없습니다.

운이 좋은 소수를 위해,
환난 중에 발견된다
떼려야 뗄 수 없는 인연.

세

주름을 무서워하는 사람도 많지만,
검버섯, 연약한 뼈,
청력 저하와 시력 저하...

하지만 내 곁에 있는 너와 함께,
내 연약한 손을 잡고
그리고 주름진 내 이마에 키스하고...

필요하지 않을 때
이해해야 할 단어
우리의 마음이 큰 소리로 말하는 것...

우리가 가지고 있지 않을 때
서로의 눈을 바라보며
합쳐진 우리의 영혼을 보기 위해...

그리고 우리의 키스가 맛있을 때
숙성 된 와인보다 낫고,
나는 우리의 늙음을 두려워하지 않고, 간절히 갈망한다.

사랑의 영광

다소 가혹한 세상에서,
가장 부드러운 감정이 있는 곳
짓밟히거나 제압당하거나...

우세한 우려 사항
하루하루가 맑다
생존과 보존...

경직된 사회 규범이 있는 곳
영혼의 억류를 창조하시고,
해방을 향한 오랜 갈망...

천사들은 예리하게 지켜보고 있었다.
간신히 피어난 사랑이라면
가장 어려운 상황에서...

그 열렬한 마법을 버틸 수 있고,
모든 고난을 열렬히 견디시고,
그리고 눈부신 영광 속에 등장하세요.

키론

그분은 연약하고 약한 자들을 만지신다.

그분은 그들의 고뇌를 보시고 그들의 고통을 느끼신다. 그는 마음과 영혼과 지성을 쏟아 붓고

그리고 한 번 아팠던 그들에게 활력을 회복시켜 줍니다.

그가 직면한 위험에도 불구하고,

그가 대담하게 마주치는 모든 전염병에서,

불면과 탈진과 희생 속에서

그분의 신실함은 그분이 만지시는 모든 생명에 빛을 발합니다.

되살아난 생명은 그의 가장 큰 보물입니다.

삯이나 부나 유명세가 아니라

그러나 그가 앓고 있는 병을 아는 사람은 아무도 없다.

상처 입은 치유자는 결코 회복할 수 없다.

낯선 사람

이상하지만, 가끔은,
우리는 누군가에게 빠진다
우리는 우리가 알고 있다고 생각했습니다 ...

여전히, 시간의 썰물
완전히
다른 엔티티.

낯선 사람, 누군가
다른 사람을 인식하고,
방금 만났습니다 ...

마치 서로를 알고 지낸 것처럼
몇 번의 생애 동안,
어떤 상황에서도 떼려야 뗄 수 없는 관계.

라 코로나

단백질로 싸인 간단한 RNA 입니다.
왕관과 같은 절묘한 예술 작품,
그로 인해 수백만 명이 목숨을 잃었습니다.

갑자기 거리가 거의 텅 비었습니다.
공기는 맑고, 가난한 사람들은 먹을 것을 얻고,
부와 권력의 자리는 공포로 가득 찼다.

사회주의자들이 수세기 동안 추구했던 것,
La 코로나는 몇 주 만에 -
공기에 대한 부와 형평성의 자유로운 흐름.

자신의 집에 갇혀
한때 뿔뿔이 흩어졌던 가족들은 하나로 뭉치고,
그리고 사람들은 기도할 시간과 열정을 가지고 있습니다.

문자, 단어, 암호화,
모든 DNA 와 RNA 는 암호입니다.
La 코로나 어쩌면 메시지...

생명 그 자체에서 인간에 이르기까지,
우리가 깊이 이해하는 법을 배웠을 때,
그녀는 일을 그만두고 집으로 돌아갈 것이다.

새로운 정원

마법이 시작되는 곳
무지개 끝에,
새로운 정원에 꽃이 만발합니다.

거대한 공작
릴리푸트인을 환영합니다
옥계단 위에.

계단식 꽃
그리고 두 마리의 거대한 나비가 지키고 있습니다
숨겨진 체스 경기.

거대한 곰
편안한 포옹을 제공합니다
하트의 흔적을 지나갑니다.

달콤함에 빠져
캔디랜드의 사탕
애정을 반향한다.

천국의 한 조각

고통받는 땅의 은사;

아름다움은 치유입니다.

최고점

그분이 시작하신 것은 영겁의 세월 전인 것 같습니다

땅을 경작하고 씨앗을 심고,

사랑의 인내로, 날마다

그분은 화초에 물을 주시고 잡초를 뽑으셨습니다. 그분의 식물이 열매를 맺은 날은 세지 않았다

그리고 그분께 풍성한 축복을 부어주셨습니다.

그분이 시작하신 것은 영겁의 세월 전인 것 같습니다

마음을 경작하고 지식을 심고,

날마다 고된 인내로,

그분은 숙제를 하셨고, 요구 사항을 준수하셨습니다. 너무 바빠서 다가오는 결실을 알아차리지 못하고,

그는 그의 영광스러운 졸업을 알리기 위해 행진하고 있습니다.

그가 시작한 것은 영겁의 세월 전인 것 같습니다

마음을 경작하고 사랑 노래를 심고

날마다 인내를 베풀고,

그는 그녀의 연약한 감정 속에서 열정을 키웠다.

몇 달이 며칠처럼, 몇 주가 몇 초처럼 지나갔고, 그의 손을 잡을 때까지 그녀는 헌신을 맹세했다.

네버 엔딩

태초에

그 모습은,

그리고 그 표정은 사랑으로 가득 차 있었고,

그리고 그 표정은 사랑이었습니다...

그리고는 미소를 지으며

한마디, 악수,

메시지, 대화,

연결, 관계 ...

뻗어나간 노조,

장애물, 장애물,

금지, 박해,

장기간의 이별...

교량, 네트워크,

나비, 무지개,

평생, 그러나 하나의 사랑

견디고 결코 끝나지 않습니다.

작성자 정보

로디지아

로디지아는 세 살 때부터 시를 썼고, 아홉 살 때 시 선집을 편찬한 필리핀 최연소 작가로 칭송받기도 했다. 그녀의 글쓰기는 의사로서의 임상적, 학문적, 행정적 의무에 집중하면서 멈췄다.

현재 두 아이의 헌신적인 어머니인 그녀는 글에 대한 사랑을 되찾았습니다.

이것은 픽션 작품입니다. 이름, 등장인물, 사업, 장소, 사건 및 사건은 저자의 상상의 산물이거나 허구의 방식으로 사용됩니다. 살아 있거나 죽은 실제 사람, 또는 실제 사건과 닮은 것은 순전히 우연의 일치입니다.

www.ingramcontent.com/pod-product-compliance
Lightning Source LLC
LaVergne TN
LVHW041846070526
838199LV00045BA/1471

9789362695543